U0595023

新生肌理

沐沐 著

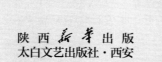

陕西新华出版

太白文艺出版社·西安

图书在版编目（CIP）数据

新生肌理 / 沐沐著. -- 西安 ： 太白文艺出版社，
2024. 9. -- ISBN 978-7-5513-2782-4

Ⅰ. I227

中国国家版本馆CIP数据核字第2024AL8168号

新生肌理
XIANSHENG JILI

作　者	沐　沐	
责任编辑	蔡晶晶	
封面设计	白　茶	
策　划	泥流文化传媒	
版式设计	建明文化	
出版发行	太白文艺出版社	
经　销	新华书店	
印　刷	河北赛文印刷有限公司	
开　本	880mm×1230mm　1/32	
字　数	110 千字	
印　张	7.625	
版　次	2024 年 9 月第 1 版	
印　次	2024 年 9 月第 1 次印刷	
书　号	ISBN 978-7-5513-2782-4	
定　价	50.00 元	

版权所有 翻印必究
如有印装质量问题，可寄出版社印制部调换
联系电话：029-81206800
出版社地址：西安市曲江新区登高路 1388 号（邮编：710061）
营销中心电话：029-87277748 029-87217872

与世间所有美好解绑

——《新生肌理》读记

胡　弦

沐沐有一首诗叫《蒂芙尼蓝》：

我的剖面，一定得靠近蒂芙尼蓝

谄媚逢迎，或真心相待

我的另一面，试图隐去阴暗

和过多的黑色素

这里面无数个分裂的矛盾

是时候一一重组

排斥至消亡抑或相吸升华

我得触摸蒂芙尼蓝，获得更多能量

成为一个地地道道的机会主义者

为了在蓝天下大口吸氧

蒂芙尼蓝，正用那被别人喜欢过的无数双眼睛

冲刷我

我必须紧贴墙面

我那么喜欢他，我得靠近点

  这让我想起最近看过的美国诗人德尔莫尔·施瓦茨的诗句：
"在浩渺的／头顶上方收割那无垠的蓝"（《当你看着窗外的
水彩画》）。这是一首用水彩画来处理大自然景象的诗，当天
空进入诗歌，就被置换成了画面，动态的世界随之静态化，蓝
也从天空中被抽取出来，既感性，又带上了经由智性处理后的
抽象意味。沐沐的这首诗也给我同样的感觉，蒂芙尼蓝本是一
家叫蒂芙尼的珠宝公司所拥有的颜色，给消费者以优雅、高贵
和奢华的感觉，但在这里，它却是一种抽象之后的象征物。作
者并没有说它到底象征了什么，但是诗句本身无不指向那蓝的
含义，比如要去掉黑色素，因为里面包含着分裂的矛盾（就像
内视中，我们自己是个携带着各种冲突的芜杂的人），直到不
断地抽象和重组之后，它纯净了，成为可以呼吸的蓝。这样的
诗借鉴了抽象艺术的手法，生活中的事物和场景进入诗歌后，
就艺术化了，具体的形象变成了图形、色彩、线条（即化身为
具有这些感觉的词语）。这样，对从表面的蓝到内质的蓝的抽
取中，艺术氛围已转场，平庸的生活变成了美妙的诗歌世界。
这是一首既有表面的聪明幻化，又有一个值得一再注视的中心
的诗，这也是抽象艺术在诗歌中的体现。

蒂芙尼蓝还出现在沐沐的另一首诗《快乐的七彩小岛》里，同时出现的还有另一个词：克莱因蓝。克莱因是法国艺术家，他曾往大西洋里倒了一罐蓝色颜料，然后宣布："大西洋比地中海更蓝了。"这种怪诞的行为曾引起广泛的关注和热议，但这就是艺术，或曰行动的艺术化，它诞生的后果（不是社会化的话题，而是艺术目的）存在于艺术家的想象世界中，并借此脱离了现实世界的局限，成功地把所有争议时刻变成了申述时刻。这也正是诗歌的特征，因为诗人需要"每一处色彩盛下我们自己"，需要微风四起时往事和情感的再次面对面，当它们来一首诗里"凑热闹"，就会达成某种新的情感的诞生。

生活里的"凑热闹"，当以旅行为最，旅行，也是对日常沉湎的反抗，含有对奇遇的期待——我们当然知道，每首诗都应该是一种奇遇。我不知道沐沐是不是一个爱旅行的人，但她的诗集里有一些记录旅行的诗，我在这里用了"记录"一词，仿佛在赋予诗歌某种散文的责任，其实不然，也许从记游更能看到诗歌是什么，以及它和散文的区别。她有一首诗叫《烟雨台州》：

先生，我在台州听一曲烟雨江南

细雨就这样轻快活泼

从一个墨色的天空里俯身亲近我

我一米五八

我的低矮，够不着雨声的反反

我以平声微笑

在台州，雨水顺势、逆势的温柔

将每一寸土地打湿，通电

与我串联

江南以水墨调和

以最快的速度，通向我一生的欢喜

先生，雨中的台州

在我面前呈现一幅卷轴画

卷轴画里，没有人惊扰小草的低矮

我们珍惜所有的曲折、高低和色彩

　　通常我们认为，语言的功能是记录现实，但语言一旦化身为诗句，它更像另外的东西。比如"我的低矮，够不着雨声的仄仄／我以平声微笑"，这里，借用了平仄的音乐性来幻化雨声，但这也许不是重点，让我感兴趣的是，"我的低矮"是实写（与高大的自然物相比），但"够不着雨声的仄仄"则对现实进行了重新创造，这种创造的目的，是给出一个全新的感受，我们感受到了雨声，感受到了"够不着"，也就是雨作为情感物对人的感受的躲避，其实，也就是它非具象的"仄仄"难以被够到。仄仄，倾斜的意思，现在，是什么在那里倾斜着呢？明白如话的诗句，是怎样把不存在变成了事实？猜测中，明晰的自然场景变成了情感世界，眼前的现实那么近，又那么远，追寻，被朦胧美笼罩，并构成了对现实世界的回应。

我们通常认为，诗是表达，但诗也是存在，或者说，对某种存在的注视。不知从什么时候开始，我们不再沿着诗歌的声音起飞，而是像共处于某个坚实的平台上时，一首诗在问我们：你能看到什么？按照艾略特的非个人化理论，诗人的心灵像个容器，各种诗歌材料在这里聚合，发生化合反应而产生诗。"诗是许多经验的集中，集中后所发生的新的东西。"那么，在创作时，我们心灵的悸动是什么呢？在一首诗里它是否还在继续其生理性的存在？或者，是否把它传达到阅读者那里还重要吗？沐沐有一首诗叫《狼吞虎咽》，在这首诗里，我们能看到多个语义单元：射击（我要扣动扳机，听见响指／以及小鸟的弹跳），扫描（别怕，那双偷窥过墓葬／解剖与野合的眼睛扫描你），吞咽（一个九〇后的雀斑／被另一只鸟衔在嘴里／／接着咽，要狼吞虎咽），这些语义单元在诗的多个部位冲撞，试图释放其能量，并与其他语义取得沟通。它们本身的意思并不难解，但组装成一首诗后，却像被加密了，某种重要的东西秘不示人。组装后诞生的这种重要的东西是什么？我组装了多次，似乎抓住了什么，又似乎一无所获。在此，一首诗似乎在要求我进行无限制地参与（猜想），那么这是否同时说明，它无法证明自己是什么？或者，它并未完成？所以，这首诗不单是关于它自身的诗，它更像一个问题，一个关于诗怎样生成的问题。这样，它是不是一首好诗已经不那么重要了。这样的诗在沐沐的诗集中并不多见，但它让我注目良久，因为与之相对，它能唤起阅读的警觉。

如果不是对思考的期待，而是从阅读的快感和享受来说，她的另一些诗更有效。比如这首《曼陀罗》：

哎呀——
一次一次抚摸键盘，我还得温和地爱着
我这个人哪会爱呵

我无法明确春秋，明确这日光到底多少分给了我
我在我的身体里，饮一杯曼陀罗

如果恨，多恨一点，再多一点
匹配我的曼陀罗

诗的中心是"我在我的身体里，饮一杯曼陀罗"。曼陀罗的剧毒，对应着感情的强烈度，诗的任务很简单，就是持续强化这种情感，从而传达爱与恨的刻骨铭心。诗的第一段是温和的爱，第三段是恨多一点再多一点，强烈的对比和语言张力，在降落中带着加速度和毁灭感，使读者的心灵在撞击中变得像事故现场。读这样的诗，不是去思考，而是接受强烈感情的驱动，疼痛，美妙，过瘾。

诗歌写作，是借助语言与世界发生关系，在一首诗里，诗人与其创造的世界在一起。那是一种存在，这种存在又是隐

秘的，需要辨认（有时连作者自己也不知道那陌生的目的地，语言仿佛已先于作者抵达那里，并在那里布置了一个迷宫），也就是凝视一个陌生的诗歌世界，某种内在于诗的存在正在呈现，打开（同时抗拒打开），这样的阅读，是单纯面对诗歌，这时候诗歌本身就是生命体，我们所谓的与古人与他人的对话由此产生。还有一种，就是诗与人我们可以参考着看，因为我们可以了解作者，甚至是与作者建立直接的联系。看了些沐沐的诗后，有一次与她聊天，我获得了一个意外的信息：作者这本诗集里的诗，大部分竟然是在她酒后写的。我没想到一个美女竟然是个善饮的人，更没有想到酒后还能写诗（她说在酒后的状态里，有时根本不知道自己写了什么）。在诗歌古老的传统里，诗与酒联系紧密，酒与其说是一种饮品，不如说是诗人的药。在诗人的肉体和灵魂之间，酒就像一叶小舟，渡人，沟通消息，也替两者找到此岸与彼岸。很多不善喝酒的诗人，诗句里的酒也比比皆是。但是看沐沐的诗，完全看不出是酒后所作，不过读这些诗，特别是带有酒字的诗，却带着她心灵的消息："在酒桌上碰杯，与商人交换利益／我走进人群，走进灯红酒绿"，"我恨自己入骨髓／我满身的市侩和酒气"，这是有酒参与的她的日常生活；"先生，我在酒里痴狂／我走向一条荆棘丛生的道路"，这里，酒是心灵化学反应加剧的催化剂；"我们彻夜饮酒，不睡觉／面对面抽烟／我们也嘲笑那些理想／把梦想扔进水池"，彻夜饮酒，有点颓废感的场景更像一个心灵事件。沐沐还有些以饮酒命名的诗，如《在临海喝杨梅

7

酒》《无所酒》，叙述的内容都是不同的心灵事件。真实的生活，只有转换为心灵事件，它才是有意义的，因为我们总是拥有一颗容易丢失的心，或者，那颗心确实是自己的，但要发现、看清它，却并不容易做到。很多时候，我们可能也是自己心灵的探究者，仅仅是偶尔有所发现，甚至，作为那颗心曾到过世间的证据的诗歌，我们完全无法说清它是怎样诞生的，而写出一首诗之后的工作是，看看在那首诗里，有一个怎样的自我存在。

酒对诗歌的介入，其实正是我们对世界和自我进行重新认知的姿态，或者，进而是一种方法论。生活中的我们，是稳定的，甚至是过分熟练的。熟练，却往往是一种蒙蔽，带来的是认知的板结和固化，甚至是无知。一个诗人如果想保持敏锐性，就必须摆脱这种状态，让自己从过分熟练回到生涩，包括写诗这件事情。看看那些流水线上的工作就能发现，工人的技术单一而熟练，但他们生产的东西，从文学的角度看，都是旧东西，因为下一件和上一件一样，没有任何改变，是重复的。而且生产的还大都是零件，生产者不需要知道它的用途。流水线像一种规化，带有很强的封闭性，让人的感官进入类似沉睡的状态。酒也许提供了这样的契机，让人从流水中醒来，感知力和心智重新得到生长。

"我又在酒后，对着一颗星星倾述"，酒让诗人仰起头来，甚至起飞，试图与星辰对话。这颗星亮亮的，很高，无法做出什么回应，但言说者需要的，也许恰恰就是这样的距离感——实际上，她只需要听取自己心灵的回声。诗集的名字叫《新生肌理》，原名《先生书》。先生，一个虚构的人，可以是任何人，可以是一颗落入尘世的星星，也可以是对空无一人的拟人化。佛家有言，"人眼中所见，无非自我"，所以，这个先生其实也是自己，在孤独的时代，人渴望的交流和与外界的对话，其实归根结底是与自己的对话。这样，这些诗其实也在践行一个古老的命题："认识你自己。"（古希腊德尔菲神庙的箴言）尤其是在这样一个高速运转中人更容易丢失自我的时代。但对自己的认识也是充满危险的，因为它是灵魂之旅，纳西索思因为对自我观看的沉湎而溺亡，在这个感性的悲剧中，作者并没有抵达自身，直到他死后，水仙的形象才出现——水仙早就掩藏在美丽的面容下，但用于献祭的生命直到死亡也没有发现它。我记得艾丽丝·门罗有一个短篇小说《脸》，描述了一个半张脸被一块胎记覆盖的人。胎记，是人的内层的表面化。是的，人也许一直就是这样的命运：一种遮蔽带来的触目惊心，同时又是醒目的表面化的存在，而且永远是不可解的。这一过程，正如诗人一首诗的题目《与世间所有美好解绑》。那么，先生，你是谁？诗人借助"先生"这个"绿色通道""抵达"目的地了吗？

    也许，"先生"只是诗人的一个时刻，并让人继续保持倾听的姿势。

                                    2024 年 4 月 6 日于南京

目录

▶ **第一辑　和自己叙事**

第二辑　先生的城中

3

▶ 第三辑　这里是阿克苏

▶ 第四辑 路过山河人间

第一辑　和自己叙事

先生，如果你看透我

先生，我已多日没喝酒

所以我想不出，更好的阐述

对于天空的暮色

我说喜欢，又太唐突

毕竟我只是一次偶然路过

它正在着色的时候

恰巧我醉眼蒙眬

先生，他们说爱情是个虚无的东西

酒也是

我一次一次醉，一次一次醒

我在暮色里，穿裙子

穿高跟鞋，把自己呈现在夜里

先生喜欢夜，如果我虚无

或者先生虚无

我也将钻进一个立方体里

我与先生赤身相对，眼神是我们唯一的出路

先生，如果你看透我

请成为这立方体里唯一的辅助线

虚　度

一

整个下午，躺在沙发上

在先生的胸前画圆

听先生说，他小说里的女子

既不是悲剧，也不是喜剧

一会儿，微弱的呼吸声

把我送进先生的圆里

我遇见她

我问她，是否爱过先生

二

我给先生发微信

好想虚度光阴

那一刻，风破窗而入

我以为它将带走我

先生，原谅我已准备好行囊

依附风，到达先生

谁让先生离我那么远

我得接受任何捷径

三

先生，我拧上身体里最后一颗螺丝

我就是一台机器

我眼睛里泛红，可能是泪

可能是锈

我是一台无限运作的机器

如果有泪，它含着铁腥味

一定是众人唾弃的铁腥味

先生，我想过电流短路

那是从我心脏直通你眼眸的路

四

先生，你说我们慢慢来

我关上了窗子，在封闭的空间里打坐

我把白床单

涂红

早上谈情晚上说爱

早上可以油腻

吃小面，加肥肠

对东湖边的一朵云说爱

甚至一边开车一边吹口哨

过红绿灯，调频，换挡

允许一朵眉清目秀的云跌跌撞撞

钻进眼睛里

晚上得一本正经喝粥

漱口，把微信清空

把自己洗净

用绵长的低音和先生道晚安

午后叙事

先生，这个下午我不停地抽烟

前夫抽南京，我也抽南京

我并未想起他

这个下午，风有点大

撞击我的窗子

乒乒乓乓的响声

成为我生活中新的敲击乐

我拍打自己，用任何事物作为参照物

先生，有一个长得像前夫的人

拍打我

他抽南京，喝红乌苏，熬夜打麻将

我接近他的影子，和水面平行

水混浊，有时候也翻滚成浪

先生，我不想如此清醒

我想在你的幻境中迷失

或者在混浊的水里找到突破口

先生，我喜欢混浊

它以最快的速度捏痛我

我活着，很立体

我的晚上与白天分离

我把声响留给南京

先生，你听见撕裂声、沸腾声、欢呼声了吗？

阴　天

信写了一半

给先生

我说：

晴天不适合煽情

阴天我用最感性的词

打发生活

把词缩减为字

无人知

冷，是我的冷

先生，是我的先生

7月11日，天气阴

我仰头，让鼻血回流

我在血流中觅出半缕光

它很甜

星辰大海

某些时候，我在自己的影子里重叠

和地上的尘土对话

我多低矮啊，我与尘土平行

先生，我与松在一起

它在我的近旁，有时候大风掠过

它往我身上偏移

它可真暖，我差点忘了

在群星之下，我是一个人

我端酒，找最暗的星星碰杯

找亏月碰杯

找一棵半枯的树碰杯

先生，我眼睛里有星辰大海

我会醉

我会偏移到松的身上

成为一抹灰，我会误以为

我是松树上的灰

今天下午，我钻进自己的眼睛里

辅助线

是啊，她的身体里

先入为主的是阿克苏清晨的风

是一股小众的水流

是无限包容辅助线的六边形

卷入尘土的甜度里

她身上有水的影子

有风的影子

夜里，水是辅助线

白天，风是辅助线

如果，风要游走四千公里

遇见雨

先生是辅助线

接　近

窗子有光，接近云

在阿克苏的清晨，我得赶在太阳的前头

听湿地公园水鸟欢歌

我希望我的窗子，对着一棵树

抬眼时，这棵树在眼前跳舞

我告诉风，轻盈进入我的梦

在梦里，我与先生席地而坐

我们打开一扇窗，请蒂芙尼蓝进来

我们仨，从沙漠穿越戈壁、峡谷

我们在天山脚下，酝酿一壶雪

我们也醉倒在雪的怀里

风来了，风也饮一杯

风摇摇晃晃走进先生的屋子

先生眼里有蓝，接近雪

接近风

先生离我最近

无所酒

是啊，我成为一个傻子

和陌生人端起酒杯，说干就干

还不够，端壶，端酒瓶

他们和我有什么关系，先生

我试着醉一次，然后语无伦次

和风说，和雷电说

甚至我口齿不清，栽倒在一潭深水里

先生，我只会狗刨

还会一些维持生计的小聪明

如果天忽然下雨，我会把自己浸透

谁知道，阿克苏老街的桑树

我摇摇晃晃，抚摸过多少棵

它们是愿意的

让我的身体靠近它们的粗枝绿叶

先生，我说了什么

好像，老街的所有人

都在对嘴型

先生，我越来越清醒

我走卒

抑郁症已经走远了

先生，如果你不喜欢她

我会做情绪里最邪恶的女人

控制她们，和我自己

我又在酒后，对着一颗星星倾诉

他并不想听

先生，他说他会是一棵水草

离不开水

先生，我在旱地里种花

种豆，甚至把自己埋葬

如果黑色素不褪去

我就在黑里，研究厨艺

讨好先生的胃

在一个梅雨和日光相对的下午

我走卒

行　驶

我和你说起我喜欢的先生

说起湛蓝

你说你不懂什么蓝

所有红绿灯，是无数双迷人的眼

我在灯红酒绿里迷失

也等你解救

你握着方向盘

和我说起，一个绵长的岁月

说起父亲的年龄

以及一个女人痴狂的方式和爱

第三次相见，有一次在梦里

你说起，一个笑脸如何不是逢迎的姿态

在春风正好的时候，我们迎来了夏天

你明白了一切的蓝，并理解天空更蓝

清　泉

她看见一汪清泉

自顾自地流着

即便距离清泉的镜面太远

她身上的市侩、邪恶、功利，以及黑

心甘情愿变成妖

妖有妖的锐气和善良

比如，遇见先生

跳进清泉

又跳出清泉

一滴水遗落在心脏

日日膜拜

草　原

我在戈壁画圈，画着画着

笔调过重

云层、鸟雀、藏羚羊大摇大摆

走进去

它们在草原里的一片湛蓝里欢歌笑语

它们也把一个先生带进来

住在我心底的草原

我得从无人驯服的野马

变成先生眼前的良驹

先生眼睛里看过的地方

长出我的青草

先生去哪儿，我就去哪儿

我们不说帕克勒克，不说巴音布鲁克

我们种我们的青草

先生每天站着、坐着、躺着的地方

是我的草原

我是虫

一条深沟里，钻出一条鱼

我问先生，它是否自由

如果我能牺牲一些色彩

首先是汽车尾灯的红

有一寸蓝

得用命守护

比如，一汪清泉越过你

你波澜不惊

先生，我在深黑的夜里

成为伪装者

我首先是条虫

从我的洞口出来，爬进你的洞口

我钻进黑夜里

碾轧所有你走过的路口

幻　境

一写诗，我就提到我

提到先生，在我心底的草原上

大摆宴席

甚至臆想，一个比梦更为绵长

更为虚幻的境地

荒野、峡谷、互叶醉鱼草、连翘

以及泛黄的欲望

这世间所有黄与蒂芙尼蓝调配出的色调

毁灭幻境

我将策马扬鞭，收集草原上更多余晖的黄

甚至一个姑娘衰老成分里的黄

任由一条歇斯底里的坚固状

游向塔克拉玛干深处

黑

是克莱因蓝

不——是蒂芙尼蓝

先生最爱蒂芙尼蓝

青绿、油黄、黑青

在雪山脚下跳舞，只有蒂芙尼蓝

是寂静的

贴在克莱因蓝身旁

说起深绿深绿的草原

说起澄白澄白的雪

内心隐隐作痛

如果吞噬一种色彩

爱才能抽丝剥茧

她吞噬黑，纯黑，纯黑

隐退在山涧流水里

他只当她的存在，是黑夜的延长线

这根延长线，可闲置

可折断

我的荒野和戈壁

走一段从来没走过的路

舍身犯险，试图引出狼叫

在草原星空下看星星，天空中任何一迹斑点

模仿你

像你的，不像你的

在一匹马到来之前，它们都任性地说它们是你

接着进帐篷，跳跃，欢歌，甚至朗诵打油诗

在帐篷里，耳朵能听清楚风向

能辨别狼的语言

你听，它在西北处喊先生的名字

先生，一定得替代我的荒野和戈壁

并生出美感

糊住我

先生，我想蹚河

河水要大，要足够混浊

与我的绿叶混在一起

就这样，缩短了四季的一半距离

如果，我想缩短人生的距离

我要快速地，在混浊的水里游泳

让淤泥灌入鼻子、耳朵、嘴巴

从呼吸道通向心脏

我不要心脏说话，先生

我那么虚伪，我一定得用混浊糊住它

先生，她们是怎样让一棵树

从嫩绿到青翠

先生，我从神木园找到塔里木河

我那丢失的我，我那从来没有泛绿的我

对，使点劲，也糊住我

奔　赴

以憔悴获得黄

以暗黄靠近沙漠

把过多的色彩关在黑屋子

等来风，等来一个人的影子

从门前晃过

贴近重力，导体

以最快的速度坠落

或者穿行四千公里

抓住影子，用最尖锐的指甲

捅破一扇窗

让日光进来吧——

先生，我怕冷

以最近便的路通向你

剖开一部分蓝

海的蔚蓝

我又怕痛，一把刺刀抵住胸口

从荒芜的冬天到春暖花开

到血流，到影子生长出另一个自己

我就这样，从一条道路的旁边走出一串脚印

脚步声不能太大

先生怕声音，怕嘈杂

如果先生也怕我

我势必用铁针抵住胸口

这辈子不让铁针开口

先生，我怕冷

请以最快的速度抱紧我

蒂芙尼蓝

我的剖面，一定得靠近蒂芙尼蓝

谄媚逢迎，或真心相待

我的另一面，试图隐去阴暗

和过多的黑色素

这里面无数个分裂的矛盾

是时候——重组

排斥至消亡抑或相吸升华

我得触摸蒂芙尼蓝，获得更多能量

成为一个地地道道的机会主义者

为了在蓝天下大口吸氧

蒂芙尼蓝，正用那被别人喜欢过的无数双眼神

冲刷我

我必须紧贴墙面

我那么喜欢他，我得靠近点

蓝 调

终于，我把柜子里的白纸

涂上了颜色

用春天混合的花色调出的蓝调

我猜，你一定喜欢蓝

发绿的蓝，泛紫的蓝

天空里提炼的蓝

从夜到明的蓝

这些蓝，使我滚烫

先生，我好怕

怕春天的沙尘暴，怕过于秾艳的花

怕我再也不能在一张白纸里幻想色彩

装饰一场在虚空里完整呈现的梦

我双手颤抖

摁下无数遍删除键，我字正腔圆

念叨：蓝调

复 苏

比如，像万物复苏

像雨后一窝春笋疯狂地生长

在面朝日光的地方

用力向上

去喜欢一个眉清目秀的少年郎

他的微笑，与清风平行

如果他路过解放中路

一定要穿塑身衣、高跟鞋

刚好在他目光四十五度方向

像陌生人一样微笑

萌　芽

第二次，你遇见他

允许雨露在他的眼眶里

矫正视力，他如果还是看不到你

叫春风过来，叫沙尘暴过来

如果他自始至终都看不到你

就让我过来

我是个农民

我会种玉兰花

那年春天，他躲在一棵玉兰树下

拿着单反拍地上的花瓣

他一定是喜欢玉兰花的

或者喜欢一个像玉兰花一样的姑娘

我多想和他说

你的美

如果，我说我是一个伪农民

生　长

是的，我毫不遮掩地喜欢一棵树

可这是春天，我才刚刚萌芽

我所有的眼泪串联

通上电，这强势的导体

也无法丈量我到你的距离

我才多嫩啊

你是盛夏，更接近秋

我的爱，怂恿我吃激素

很快，我就虚胖

深　林

梦里有朴素的山河

途经你，绕过我的人间

你也随那山河突然出现

当玻璃外的黑更深

深的样子像山里一片枯树

我不能流泪，应该整理着装

发丝和行李

我知道，在我的梦里

你能与我完成任何旅行

与风景无关

你知道，那棵枯树正在发芽

与你无关

丛　林

先生，她们问起你名字的时候

我只能支支吾吾

三十岁后，我不再标榜我的自信

也不怕幽闭恐惧症

我还是喜欢夜晚开灯

一字一字读你的书

灯光不能太亮

我不想让你看见我的虚伪和市侩

甚至平凡如一粒尘埃

灯光也不能太暗

一定得抑制心里的小鬼对你谄媚

我只在梦里，在我那方寸土地

投身为你的眼中钉

身后的繁花，开始侧身隐退

树　木

告别是美的，一定胜过相遇

只遇见一次

便有那么多场梦被精心

安排，编撰，设计，排版

我对自己不能说我们只遇见一次

这一次，可以对别人说起

对你说起

我不说，你也知道我们就遇见一次

这一次，在我身上分裂出细小的无数次

又健康长大，孕育下一次

你不知，我饲养了一片森林

每一棵树木都是你

先生在圆外被唤醒

我们从雪山上跳下来

站成圆

能包裹任何事物的圆

我们的坏情绪越过影子

与我们相离

越来越多的情绪从包含

到相交，再到相离

唯独遇见先生

一种莫名的情绪开始跃起

不沾染尘土，不触碰底线

保持一种冷冻的姿势

干干净净

与圆相离

我们身上沾染的雪
被一片赤红劝退
先生在圆外被唤醒

镇静剂

我该写些什么

按时吃药，打盹

某一时刻，想起火山

和中枢神经纠葛

相处久了，它们越来越像

我不喜欢

依次排队的阿奇霉素

和昂头离开的苯巴比妥

我该想些什么

我的周围几个人衔住无数只麻雀

我听不懂他们说什么

声音与声音的撞击声

拍打我

我需要镇静剂

这一剂药的名字

凸起的部分，也叫先生

屋子内无窗

屋子内无窗

一颗星星飘过头顶

右前方，水温刚刚好

一张弓，平躺在马路上

我们路过斑马线

有时平行

有时相交

有时候，他侧脸四十五度

有光透进墙

第二辑　先生的城中

梅花劫

我们在一些离奇的事物里穿梭

一棵树住下

一半红梅，一半绿梅

你让我身穿花衣裳

让我浓妆艳抹

让我在一杯准备溢出的酒里

增加药的分量

我的迷离，来自酒

也可能来自药

我就穿素衣，我就素面望向对面大楼

灯光隐去的窗子

先生，在我圈养的雾气里

碰见沼泽地

不要惊慌

那些具象的物体并没有那么可怕

你看，静默之下

我那深色的口红，也歇在梅花树上

醉眼迷离时

是啊，先生

一杯酒就醉眼迷离

窗户外的灯火唱一出戏

我们是戏中人

你说，我演绎太认真

把黑描绘成灰

再到白

我说，你把我抱紧

我告诉你，托木尔峰的雪

唯一的秘密

先生，让我去接触洪水

接触大风，和沙尘暴

你保持静默，在我的世界

呈现一种比灰色更白的温柔

先生，一杯酒我就醉

我想学月色起舞

我想学风高调

我想伪装成一潭死水

等你唤醒

先生，让我主动

成为依附你的菟丝花

无所爱

一

我假装生病

吃下几颗药

我也在云层的压迫感里吃辣条

等待一片暮黑

在一间装满呼吸声的屋子里

贴着他的背

我数了多少颗星星

他的背就颤抖了多少下

我把数来的星星装进他的眼睛里

等他转身

二

是啊，他知道我数了多少颗星星吗?

凌晨五点，我一遍一遍演练逃亡

从戈壁逃到海洋

我的深海恐惧症得穿新装

我将带去蟠桃、绿植，和两粒黄沙

他最后的呼吸声长达两秒

我把他悄悄放进梦里

不浇水，不晒太阳

三

我又一次念解脱咒

云层在解脱咒中分解

原谅我，提起先生的时候

我会重新计算爱的阴影面积

他说，找个爱你的人

我说，他像我的前任

我们又一次背对着背

眼前，无月光，无星辰

端　口

敞开端口

无限扩张，是时候使用打气筒

她们不来的时候，我得膨胀

我像一粒种子一样饱满

在他跟前，我还得浸泡

所以，我得跳进海里

让自己更膨胀，最好发芽

最好让他看见我的青翠

我在清晨开嗓，学布谷鸟

学一只可爱的蝴蝶舞蹈

我得有风度，我得在我膨胀的空间里

注入爱和欢喜

先生，请链接我的端口

朝我杯中倒酒，我要让他醉倒

半瓶 1573

一

我正在走向消亡
也许是重生
窗帘要重新拉开
让傍晚的风进来
脚步一定得轻
我们说好的，我们的秘密
不能辜负亏月

二

我又独自喝酒

想念大海和草原

我对身边的男人说

就让我独饮，到醉

我要写诗，把自己装进诗里

不透气，我好萌芽

或者新生

三

我必须得让自己醉

假装醉也行

热度刚好写诗，热度刚好收集

风和树的勇气

我要对山川表白

我要望着对面的高楼

让眼神腾出一个空位

住下一个任何部位有点像先生的人

四

是啊，他的三个菜

半瓶 1573

就骗了我的眼泪

我和他说，我要写诗

关于先生

他在一旁喝白开水

我杯中有酒，无人碰杯

五

我在戈壁滩里找存在感

似乎我存在，似乎影子存在

又有什么关系

影子早已是我的影子

我们爱同一片云，我们手挽手呼吸

我们在同一张床上，喘粗气

六

如果今夜，被我想起的一阵风
它到了我的耳边
我必会在梦里大摆宴席
我会虚张声势，大口吃榴梿
我会剪掉所有肆意生长的指甲盖
突然地放大瞳孔，是的
我摸不着的光，它正在与我唱反调
我得看穿什么
比如，先生不爱我

七

再喝一杯
不敬神，不敬月
不提先生
假装一头扎进海里
我说，我冷
请海抱紧我，或者勒紧我——

市井生活

青山不动、草木不语的日子里

缄默是我长此以往的姿态

我得把自己藏起来

或者学着一缕炊烟隐退

倘若先生不喜欢

我就让我眼睛里的事物去逍遥

按秩序从近到远，再到无

我也允许它们没有规矩地隐退

喜欢到此为止

一朵雏菊已经容不下快乐的分泌物

两朵雏菊，太耀眼

先生不喜欢黄

我啊，只能在大地的土黄里

融入尘埃

我和众多的尘埃，谈市井生活

我与白菜论斤两

先生，我将与邻居张大妈

去肉店讨价还价

我将摒弃一颗药

在夜里听别的男人的打鼾声

雷雨交加的夜

这个雷雨交加的夜

我得敞开门窗

把平日里的药剂

从两颗增加到四颗

允许雷雨走进我的屋子

我没有别的，南京、红乌苏

和一盒过期的瓜子

如果不介意，我把先生呈到桌面

我们拿先生的故事下酒

先生在我的日子里，还新鲜

如果有一天，不用靠药物就能记得

我还欢喜，我还爱

除了先生，以及这世间万物

我多直白啊，直白到让这雷雨

哄回我那任性的多巴胺

等绿树成荫

先生，今晚我与一个姓王的男人喝酒

在昏暗的夜空下，我惯于神色迷离

我一会儿看风，一会儿看一面粉白的墙

风离我那么近，我摸不到它

墙那么堵，却在我的心口开了无数条缝

先生，醉眼蒙眬的时候

我的桌子旁

一个身高一米六八的女人

拿出镜子，涂口红

对她旁边的男人撒娇

她温柔地喊着老王

先生，如果我不记得我的前夫也姓王

我也认不出老王鼻尖的痣

先生，我只能低头呼唤你

我也只能对着风，笑得很天真

先生，我能以最卑微的姿态祈求风

吹偏我的发梢

一直往北，四千公里以北

我不用穿透墙

我就贿赂我心底的缝

要么风挤进去，要么先生越过风

我就在原地，披头散发

等先生成泥匠，或先生手持手术刀

等绿树成荫

遇见新开岭的荷

遇见新开岭的荷

我一定戴红花，身披绿衣裳

学她最美的模样

如果学不像，我就惺惺作态

趁人多的巴扎天改一块绿头牌

我一定要让先生看到，一丛破淤泥而出的妖娆

可先生不喜欢我的媚态

我得在池中学荷吸收太阳光

先生有点冷

我要在夜里发热照亮绿头牌，让它呈蒂芙尼蓝

人人都知，先生喜欢蒂芙尼蓝

先生会主动靠近热

在池中，我身穿泛蓝的粉

盛装夜游

只有海知道

一定要跳到海里

允许海水分解我的热情

这个季节，身体里的一切都在渴望凉

血液、骨骼、爱

以及没说出口的情话

再凉一点，等云层漫灌海

等夜幕融入海

等我消退热情，接近先生

我和先生，体温均衡

我们平起平坐

所以海，把我分解的热情

喂给鱼

别让先生知道

替她想起海

替她想起海

海里石头，语气温柔

面目和善

石头与天空约好一起湛蓝

连接每一滴泪，从深海抵达湖泊

抵达高山，抵达沙漠

在她爽朗的笑声里孕育一个小贝壳

用身上最蓝的部位

触摸小贝壳

海的柔软通向风的窗子

她在梦里磨针，穿透石

她把石头涂蓝，穿透海

噬　黑

先生，天真蓝

是靠近你的蒂芙尼蓝

我多羡慕蒂芙尼蓝

和你在一个空间里，你贴近它

并非它亲近你

我的天空，有时候夜幕也穿蒂芙尼蓝

更多的时候它们穿泛紫的靛蓝

和泛青的深蓝

都是蓝

都是距离呵！

我有土黄和群青，我学着艺术家

调配蒂芙尼蓝

我一辈子都是有色的，全身被色彩敷住

那么混浊

先生，你就离我远点

让我噬黑，并成为黑

五月二十日

先生，她们说天空好蓝

我看不见色彩

好多天，我试想着画油画

躲在调和的蓝里，用味觉去感受它

我开始掉牙，我也迎着日光

使自己滚烫

很多脏东西从牙缝挤进去

比如，在老街

我摇摇晃晃对一块石头嘶喊

比如，在此刻

我想起自己的功利与市侩

今天，天那么蓝

我不敢给先生写信，我那么坏

先生，我身上的尘土越来越厚

我离先生越来越远

写给先生的信

先生，阿克苏早晨的日光真好

在多浪河与我照面，分一杯温暖刚好的羹

说起羹，先生

朝阳佳苑老蒸坊早餐店的肉包子

与我的味蕾吻合

我遇见你一样地遇见雷声、闪电、暴雨

和夜晚一桌沉寂的菜

我用雨水打湿自己，用河水打湿自己

也用那滴永远在眼眶里的泪

和自己告别

先生，我把夜里的感性留给清晨

我把自己最美的佳酿留给你

在多浪河畔，我悄悄地注入了一滴泪

我也给昨天的大雨行贿

先生，用最动听的词训斥我吧

用最糟糕的句子挑剔我的爱

无　题

先生，你怎么写

这所有混杂的声音

如果不是谋生，不是爱和将就的痛

我就这样，像我自己

像一朵花的盛开

我是夕颜花

就这样爱了，恨了

多好呵

先生，我在酒里痴狂

我走向一条荆棘丛生的道路

我这辈子就这样了

我演练所有的爆发

像一个女人

执掌中馈

先生，如果你说你爱我

下辈子，我会伪装成一棵树

先生，就在凌晨两点

我是一条鱼

游向你的梦里

是　你

对，就这样

打开一瓶酒

幽闭恐惧症不请自来

我说，就这样爆发吧，痛快点吧

如果我能重新编排一个字

不能敷衍

先生，在所有隐匿的麻醉里

我试图认清面具的材质

先生，你一定不知道

一个新疆姑娘

纯粹的欢喜

先生，我就这样爱了

试图老去

试图下辈子，遇见一场雨

先生，我在酒桌旁放肆

对哦，我是一个哑巴

你不知，你究竟参与我多少场梦

12 点 30 分

我想挥动手指，指向雪的方向

我想眼睛更明亮，看得见你走在雪地里

咯吱咯吱——

这声音令我过敏，浑身起疹子

先生，让我就在雪地里窒息

让我就那样，学着石头躺在地上

让我学你最爱的云，即便学不像

可我也能飘起来，看看我

一会儿喜欢你，一会儿在他的集合里

种下一颗种子

先生，种子发芽了

在深夜 12 点 30 分

也是这个时候，一片雪被天空收回

先生，我打开遮瑕膏

浑身涂抹，一个活灵活现的我

大于伪装的我

先生

我无解

赴　约

春天到了，按捺住性子

不能像苔藓一样疯狂生长

不能学野草又露尖尖角

只能做一块有棱有角的石头

住在帕克勒克、博孜墩、塔村——

它们中

哪些山谷叫不出名字就住在哪儿

先生喜欢寂静

喜欢路过一重又一重的陌生

神色掠过百花丛

先生只低头，一声不吭

在春天，我不断打磨自己

直到先生路过，捡起我来

予我名

豢养先生

冬日阳光好暖

先生，我想写一首诗

一首和先生虚度时光的诗

我喜欢村头广告栏

那里除了新闻和绯闻

还有一个位置

张贴着寻人启事

先生，他们永远找不到你

你在我心里，安心住着

我以诗歌和爱豢养你一生

做　客

我在光阴里做客

请先生与影子

若是影子的分量不够重

给它穿上透明又厚重的衣裳

在冬日的荒野戈壁里

让语言自由逃脱

如果它不愿意走

那就让它保持沉默

我与先生，得在日光底下

端起一杯茶

夜色将近，我们靠在一起

挤破一颗蜜橘

状　态

空格，仿宋五号

强迫症必须恭恭敬敬

讨好我

喂草，喂酒，喂植被，喂山川

与众多的飞禽走兽

如果我顾得上，我把我喂给我

把影子留给先生

打更

我的新屋子

我拧上最后一颗螺丝

一个属于我的屋子就装修好了

我在这儿写诗，憧憬，做梦

喝茶，也榨汁兑酒

真好啊，我的屋子里

别人进来得敲门，我得说请进

我搬进一张大板

铺上纸就写青春

写给一位没听过我名字的先生

这屋子里，也装下我所有的功利

和不愿意上岸的忏悔

添　堵

大雪没封山

还有很多路可以走

山路那么美，偏偏拥堵

先生，你听到了吗

大雪并没有封山

你的门大可不必紧关着

你有一路的风景和绿色

别和梦计较

那说话不算数的东西

脑鸣声

某一个夜里翻身而起

电流声音太大了

先生，我想关掉灯

切断一切电源

让声音从脑子里滚出去

我没说开会，那些声音汇聚一起

做什么

先生，如果没有灯

我是怕黑的

我试着和它们和谐相处

如爱你一样

熬　夜

先生，我感到恐惧

那些臃肿的情感越来越膨胀

我怕热，怕爆炸

我不敢下厨炼油，熬糖

我只能在夜里，呆呆地静坐

先生，我很久没有抄经

一杯酒让我感到沮丧

身体里那么多神经，它们纠葛在一起

把夜熬长

心　事

这一年，每到夜晚

我便拿起一桩桩心事

从一数到二

数完阿拉伯数字

心事还没有数完

我就面对头顶的阴霾大喊

喊着，喊着

2022 年就来了

算一算，在众多的心事跟前

我少饮了一杯酒

向太阳

让太阳走慢点

玫瑰跟上，冬雪跟上

那些信仰光的事物统统跟上

如果，先生也要跟上

得走捷径

得绕过我

我那么喜欢先生

我得走捷径

我得让自己滚烫

模仿太阳

今天第九首诗

把自己和内心的自己分离

让这个干净的躯体跟过去道别

和万物交流

比过去多一点

让名词替代形容词

让内心替代躯体去夸赞

如果室内温度足

养几盆花

倾听，诉苦

让我对先生

保持一首诗的沉默

药

先生，一粒药不够

得三粒，四粒

才能有足够的力量

在窗子上，用鸡毛掸子

掸灰尘

先生，如果你能把自己拧成麻花状

我想逃离日光

和一间自己的肌肤碰到自己的呼吸

都过敏的屋子

一粒药，得在体内爆炸

一粒药，得活过来

先生，倒数三个数

抓紧你

臆　想

夜晚，让窗帘开一条缝

暗夜里所有的精灵可以进来

只要认得路，只要认得我

梦里我已设好宴席

顶着大红的头巾

只要你找到我，让蚂蚁吹哨

让蜻蜓奏乐，让蝉和麻雀敲锣

我留着缝等你娶我

如果缝隙不够大，请闭上眼

我将打开窗

别让风进来，我们就过二人世界

我　们

我和他在一个屋子里

待了三天

不说话

从一部电影划拉到另一部电影

偶尔听他微弱的呼吸声

我试着去他的梦里

和他做一次交易

他把我灌醉，或者我把他灌醉

因此，我在脉搏上涂沉香

头枕在他的胳膊上

我闭着眼睛一直念着，不要醒来

嘴唇干裂流血

窗外的光，挤进我身体的裂纹

他靠着我的背，干咳

桌子上的 1573，剩了半瓶

后半夜，我们背靠着背

各自刷抖音

第三辑 这里是阿克苏

静　默

在办公室描眉

涂口红

以深红

把一滴暴雨领回家

把焐热的情话，摊到桌面

再疯狂地喜欢一些事物

模拟马的奔跑，摁住雷声

趁黑解开先生衬衣上的第一颗扣子

一种红穿过先生的身体

是口红的红，是我与先生四目相对

心跳的红

我们平视阿克苏的静默

在静默中，我们将我们的身体横过来

再见博孜墩

先生，在博孜墩

原谅我的多情

我喜欢的事物太多了

托木尔峰一次一次把雪的眼睛

送进我的帐篷

我看见世间最亮的星星

我和她们说话，在她们中间跳舞

也伪装成先生身上的一颗朱砂痣

这颗痣必须在背面

包容先生所有的阴暗

是的，除了托木尔峰

除了雪

我还喜欢松林和飞鸟

她走进我，或者我走进她

朱砂痣，一次一次站立

她想翻身，甚至模仿博孜墩的静美

妖娆，从容和大度

她想身穿绿色，成为一棵草

走进先生的后宫

先生，在博孜墩我哪能伪装啊

我就是你的朱砂痣

今晚，我就挂上绿头牌

此后，我得学每一朵野花穿锦缎

忏悔录

一大早起床

不做别的

把水龙头开到最大

狠狠地冲澡

我告诉先生，我恨自己入骨髓

我满身的市侩和酒气

正一点一点侵占我身体里那片蓝色的草原

草原是留给先生的

先生一定要在草原上扎帐篷，喝酒，骑马

把阿克苏最后一抹晚霞装进口袋里

冲完澡，我要狠狠地抽烟

让身体里一种污渍挤走另一种污渍

我对未出阁的太阳说

早上好

我的笑容，一直都在惺惺作态

我等先生在我的脸上

绘制一个一模一样的笑容

我等太阳升起

日常叙述

先生，在阿克苏我有两三好友

我们一起喝茶，吃饭，谈文学

谈微信朋友圈的某个单身女人

人漂亮，身材好，离异许多年

孩子是她唯一依靠

先生，你也被我们谈起

我们扒拉着先生的照片看

先生眉宇间的英气

与我们一对一地座谈

我省略旁白，开始正文里最直白的叙述

如果阿克苏也喜欢平铺直叙

先生，我将在初夏的清晨学布谷鸟开嗓

学多浪河一只蜻蜓温柔地抚摸水

我会纵容更多的新绿敞开门，迎接盛夏

我的喜欢，无形容词、动词、名词

无虚构

我的喜欢，靠着先生屋子里三面环墙的蓝

一面通窗

柯坪的突兀的山

我从一座突兀的山穿到另一座突兀的山

突兀真好，包容鸟雀、蜥蜴、骆驼

和几股不请自来的风

令人心旷神怡也是这突兀

无数种可能性在这里驻足，安家

我趁着一棵树的皮囊过于美艳的时候

对着另一棵树抽丝剥茧

我将足够的温暖，带给这突兀

我将对先生分泌出的快乐

和过多的多巴胺悄悄地藏在这山中

这座守护红沙漠的山

也将突兀变成红，我和先生身穿大红

绿树成荫

水是温的，太阳是暖的

先生，阿克苏燕子叫出的圈里

没有迎春花、戈壁石、芨芨草

没有尘土和色彩

我偶尔写下先生的名字

地上的名字，从一棵木

繁衍成林

我躲在先生的名字下头乘凉

做梦，挑逗一只刚出窝的燕子

我学猫叫，燕子学我叫

那么多陌生人闻声路过

看见什么

什么也没看见

先生，我是一片荒凉的戈壁

我的全部空间，够你无限繁衍

走进罗布麻花海

先生，我喜欢用形容词

你知道，比如我如何喜欢你

向你靠近

比如，走过蜿蜒崎岖的道路

颠簸出一种墨绿色的新奇想法

路边土黄的戈壁石、尘土以及倒下的胡杨

先生，你说

加以内心纯净的白，你的白

我们会不会在二牧场邂逅

如果你不知道二牧场

你一定知道罗布麻花海

我以调和的嫩黄，谦虚低调地走进它们

和粉红、粉白、草绿打成一片

先生，我又来到这个爱情包容分离

罗布麻花纵容蜂王任性的沙雅

老蒸坊肉包子

有时候，等三分钟

有时候，等七分钟

等走了熟人，等来了陌生人

三个肉包子，喂饱忙碌中

丢三落四的饥饿

与土地对话，我所在的阿克苏

万物皆美好

我写信给先生，平日我喜素

唯独遇见先生，我食肉

我把朝阳佳苑老蒸坊早餐店

横着看，竖着看

什么也没看见

与世间所有美好解绑

先生，我想过各种各样的逃离

离我最近的方式是把自己迫入险境的逼仄中

过劳后带着微笑

和每一寸蓝说再见

和先生说再见

阿克苏那么美，我得以最优雅的方式沉睡

我得和这里的每一种美好关联

和祥和里小区的草木，和阳光里门头的大字

和景城府楼底下卖瓜的阿姨

和每一个醉酒的晚上，在老街摇摇晃晃

拍着小哥哥的肩，让他们说的爱我

——关联

先生，我不小心摔倒在泥潭里

比这更滑稽的是，我并未受伤

先生，允许我与人世间所有美好解绑

让我深呼吸，或者大口喘气

先生，我得离开你

是义无反顾的纵向

旁经库车大馕城

旁经库车大馕城

第一次和先生道晚安

把风装进口袋里

雨深入梦里

梦里太阳那么大

我种了那么多蒂芙尼蓝色的花

让暴雨分解成无数个细小的雨滴

让水分子里的温柔尽显媚态

如果先生喜欢雨

我会打湿裙衫，我与先生

在同一个纬度的梦里

面向日光探出头

先生，我身上的疼痛需要与大镶城和解

我不会避讳身体里的每一个子集

讨好蓝

先生，我所在的城市叫阿克苏

先生，我所在的城市叫阿克苏

阿克苏又叫白水城

除了狗刨，我不会其他方式的游泳

所以，我并不喜欢水

如果你喜欢水，我就把阿克苏河

搬到你面前

河那么大，我如何搬得动

所以先生，走慢点

像水流一样的速度

我也匀速追赶

在水跟前，我可以假装正经

在你跟前，我必须一本正经

水尚栖的清晨

我在一种色彩里游走

品用我的灵性

我得慢慢来，轻轻用

像多浪河早晨的河水朝着我炫耀柔情

我得用上波浪状、蛇形，甚至辅助线

我自愧不如，逃离到倒影中

大口大口食用深春里的翠绿

天空中飞旋的小鸟

也是我的朋友

它们喜欢对水里的绿添油加醋

也喜欢对我口是心非

它们对着我，炫耀自由

我的眼里都是苍翠，胜过一口盐

我得从那七个石孔中，选出最柔软的孔

钻过去

借一天清风的力度

我像小鸟一样，我叫沐小鸟

一头扎进深水里，一脚越过云层

我也向读者炫耀我的自由

走进乌克铁热克村

我带着醉意

走近风，走进乌克铁热克村

烧烤，菜盖面，土火锅，凉皮子

以及刚刚揭开面纱的梨树

和风一样快速融入人间烟火

阿克苏的温柔，一次又一次贴近我

身上所有炸裂的毛孔

瞬间鸦雀无声

这时候，古丽面带微笑

拉条子面带微笑

我静止，我也和所有的声音沸腾

夜宿柯坪县宾馆

心脏怦怦跳，越跳越快

像熟练的刽子手

磨一块铁

柯坪县清晨的风

以快到慢的速度拂过身体的每一寸

我得穿着最轻薄的纱

从外收纳清风全部的温柔

从内让五脏六腑这铁性子

变得轻薄，自由

那块铁，如风的速度

逃到戈壁蓝里

我所见所闻皆是蓝

这蓝色的柯坪呵——

沙雅小刀

看不见日出

也没有等到日落

我的尖锐利过一把刀

刀是沙雅小刀

让胡杨树缺口

让塔里木河破冰

这些都不够，还得让一颗智齿

破损

我需要疼痛，去和伤口媲美

去迎一场日落

去拿一把刀和另一把刀比大小

除了大小，也比尖锐

比我们在薄冰上行走

不落水，不湿鞋

在乌什滑雪场

在这么短的光阴里

我不能只杵着

雪那么干净

落在椅子上，落在肩膀上

落在赛场上

她身旁的山，背后的山

望久了

一股橙色的力量

靠近我

日光真好，在雪地里尽显媚态

我们知，她生性纯良

第一次来乌什

第一次来乌什

在汽车上，我就探出头

日光下斑驳的树影

林间闲游的乌鸦

——朝我问候

我爱了，群山怀抱的县城

说不清她哪里好

可能日光温柔

可能乌鸦温柔

可能我的步伐有点大

声音有点重

雪疼了

她们也就记住，我来过

冰雪季开幕式

这个地方，一定在梦里来过

这里天空很蓝，雪很干净

我们在雪地里喝酒，晒太阳

这里有很多的人，很多的雪

和我们一起虚度时光

瞧，礼炮！

不用捂耳朵

就在此时，我们在冰雪节重生

设定我们欲望的节奏

随着山川生长，缓缓吞下

乌什县一个叫托万克喀赞其村的地方

我们七八个人逗留

采访一个老人

乌什县叫托万克喀赞其村的这个地方

白杨树伸出手向我们问好

几只鸟雀歇在村民门前的电线杆上

一群闲游的乌鸦

跛着脚朝我们走来

乌什县的每一个村庄

太阳、微风、晚霞都在它们的位置

为冬天彩排

每一天，都盛装出席

这里的农民，书写大地的艺术

用劳动呈现艺术的本身

这里的草木、飞禽走兽

个个眉清目秀

两把刀

第一次见面

他送我一把二厘米的刀

他送他一把八厘米的刀

第二次见面

他送我一把六厘米的刀

他送他一把十二厘米的刀

我和他说，刀的大小代表

情感的大小

如果下次见面，他再送我一把刀

我就有三把刀

一把比一把大

两把刀，不参与事

三把刀，不和人谈情

我的一把刀得在数学题里

解一杆旗，冰苹果的甜

另一把刀得藏着掖着

等沙雅的春天

二牧场

如果让蓝重逢

把机会留给克莱因蓝

在她那张涂满色彩，与杂质

搅拌的纸上分辨一个面孔

趁意识还清醒的时候

纠正她的发音，认清她眼睛里

那汪清澈的水的籍贯

给她一次堆雪人的机会

人造雪也可以

先生不会计较，谎言与方言

在二牧场，哪有复杂

胡杨列队，道路通向粉色的天空

随意生长的红柳，任性结冰的河

一条鱼，在水里唱着故乡谣

万物以蓝调和弦

四声奏乐

粉色的托依堡勒迪镇

在托依堡勒迪镇

太阳从林间的白杨树梢探出头

巷口多安静

司马义听不见汽车的声音

古丽和她的孩子

碗里，奶茶冒着热气

托依堡勒迪镇的村民

都钟情于太阳的红

司马义身披清晨的那缕粉色的日光

看古丽的时候

古丽的脸也泛着粉红

一个身穿粉色衣服、粉色鞋的姑娘

路过托依堡勒迪镇

去年夏天，白杨林中

传来嘹亮的歌声

她听见他喊她的大名

烟火柯坪

不止恰玛古炖羊肉

大湾沟，绵羊山，音干圣泉

牧民的蒙古包，知道雪天要来

刚收拢一些遗憾，天色就渐暗

白骆驼从广阔的戈壁缓缓走来

它的脚上，沾着红色沙粒

我记得，那天

我们在红沙漠上哼曲

把青春和沙子一起摁进瓶子里

我带回柯坪的水、柯坪的肉

我再一次跃进先生身体的河坝里

我们在一个冒着炊烟的柯坪

喝酒，吃肉

含情脉脉地看着天空同一片云

我在先生的河坝里，奔跑

对冬天的一株绿植敞开心扉

今晚，要拉紧帘帐

掸掇梦，再去一趟柯坪

写给柯坪的一位先生

我一觉醒来，默默看你的消息

在"大姨妈"来到的下午

和窗前一束光说起旧事

说着，我就融到旧事里

先生，旧事太封闭

我有些胸闷，我躲在那些比我高的影子里

我把任何阴暗面当作遮羞布

先生，如果我对你笑

请一定不要回应，不要有任何表情

我将原谅一个下午日光的斜射

以及胸腔里向着柯坪方向垂直的情话

先生，如果在黑里拉开我的纱帐

请开窗，放风进来

逃

逃离日光，影子

一场冰冷的对峙

有阴霾路过窗子就收留它

和骨子里的热情，身体里新鲜的血

来一场自我革新的辩护

我与另一个我，在夜晚对立

又在清晨统一

水尚栖的白天，体态温和

多浪河的眼睛，再一次发出悲悯之光

天空还是把一部分蓝分给了河水

我们的眼里，是浅蓝和湛蓝

水尚栖的凌晨

是的，我又用冷水冲澡

又在一个天还没亮的清晨把自己装进口袋

在封闭的空间里瑟瑟发抖

等待一场暴风雪

等待身披荆棘的先生

偶尔路过多浪河，和水交换心事

天越来越亮

先生的光，照亮我

静静的水尚栖

先生，我有些不适应

头发丝飘着雪，鹅卵石靠着树

这秋的突然来临

街道静，多浪河静

对面的楼宇也跟着静

我又哪里敢躁动，在夜晚不透风的墙里

靠着蒂芙尼蓝，说情话

一次一次，允许你横穿我的几场梦

我忍着疼痛，又把你纵向放下

先生，我不能把你放在心里

也不能把你放在枕边

我只有攀爬，爬到高处

没人和我争日光的地方

悄悄地把你交给水尚栖露台上的影子

容我心平气和地在楼顶踱步

我才感觉我接近本真，接近毫无支撑点的虚荣

把自己交给静谧的天空

学云层飘浮，学雨水坠落

把闪电揣进这寂静的秋里

击溃理想的中年纹路

先生，我已纵横了我所有的疼痛

塔村的夜

地板发出寒战

老来盘腿坐在地上

七八个人，端起手中的杯

有 80℃，也有 53℃

窗外的 0℃，趴在一些雪上

那只流浪狗追赶夜色

它袒胸露乳

在塔村，我们每个人不化妆

不贴面膜

我们素面，朝向对方

是太阳岛，亦是沙雁洲

沙雁洲那个时候还叫太阳岛

我在那里遇见一束光

从胡杨树的身体穿过我的身体

我就跟着那束光，屁颠屁颠地跑

太阳岛，不是失恋的疗养所

那是一个有鱼尾纹的男人

跟我说起的地方

他眼里含着光

我追逐光，我也不知光在什么方向

他们说，这是沙雁洲

我亲近沙雁洲

我在这个新的名词里，发酵

膨胀

我和风声赛跑，跑过青春

跑过无数个路口

我也有鱼尾纹了，多少次

我用我僵硬的手指和鱼尾纹和弦

也弹唱

在沙雁洲

探戈不够

夜里的酒也不够

在沙雁洲，太阳升起的地方

我们得赶在万物前头

慵懒起床

和白鹭说欢喜

和湖面一只陌生的水鸟亲近

趁着胡杨的声音沸腾

趁着夏天的绿靠近我们

去迷失吧

或者在 139 秘境里的桃花酿里

颠沛流离

第四辑　路过山河人间

替你见昭苏

有两件事要做，骑马，见一幢幢

包容任性的屋子

把油菜花放在胸前，麦穗放枕边

以最快的步伐冲到羊群优哉游哉吃草的缓坡

晚霞着盛装剖开云层的秘密

格桑花在晚风下搔首弄姿

我无数次伪装成一只羊

把心事说给另一只羊听

我说，我那么渴望自由

我却在先生的称谓里蹚稀泥

并乐此不疲

我要替你见昭苏，替你骑马

替你批评所有的黄，并靠近油菜花

我要替你忘了先生

允许先生从画中走出来

也可能从花中走出来

我的词汇，再一次弹尽粮绝

我在昭苏骑马，一只眼里有星辰大海的马

清晨六点

整个夜晚，我穿着衣服

躺在床上

还没来得及趁酒劲摇摇晃晃

对伊宁市上空的黑

对路边海棠树上歇下的蝉鸣

对玛格丽特的红裙子，说喜欢

先生，我所见所闻皆是海

两滴海的泪

抵达我身体里最柔软的地方

我捏紧身上的痛，让痛无限缝合

我得让海看不出痛的端倪

我靠近海，也靠近泪

它们的味道，是我夜里丢失的光泽

先生，夜不是黑的

窗帘紧闭，依然有光

先生，我这三十岁以后的倔强

走进海，接受漫灌

清晨六点，我在花城宾馆

赤足望向云端，云端有海

快乐的七彩小岛

我们谈论海里的船只，屋檐的小鸟

中黄，浅红，克莱因蓝，蒂芙尼蓝

时而高调，时而唱反调

石阶上的青苔，农家小院的绣球跟着凑热闹

在七彩小岛可以自我放任

一边走一边哼曲

穿撞色裙子，东张西望

坐在某一个石阶上，想念先生

想到微风四起

想到和自己无数次照面的悲欢离合

——道别

我们掰着手指数色彩

每一处色彩盛下我们自己

我们在色彩里，跳跃，欢歌

抑制悲伤

曙光碑

她的眼睛里除了星辰大海

苍翠天蓝

也有雨滴的闪烁与土地的褶皱

爬上曙光碑，脱掉外套和伪善

以最轻盈的姿态面朝碑

她扎马步

学曙光碑站立

她把过去的曲折捋直

把伤口扯痛

她和皮肉同在绿荫下以痛就乐

饮酒欢歌

曙光照射万物，她和她的身体接受他的折射光

先生有影，垂直于曙光碑

踏破皮鞋国清寺

先生，我是想留下我身体的一部分

在这清静的国清寺

我需要让寂静发酵，比空更空

更苍白的生活

先生，我要让爱情泛空

让五脏六腑探头看热闹的肉瘤泛空

我允许毛孔站立

允许所有的细胞组织出来透气

沾染空，并被空层层包裹

先生，我无心踏破皮鞋

遁入国清寺的另一种空

先生，我跛脚

不走回头路

先生，我着急赶路

我得追上空，把空留给你

先生，鞋跟也是我身体的一部分

遇见紫阳街

看见光，看见色彩混杂的欢喜

空气里的甜度

浸透紫阳街

你看，杨梅和杨梅酒的笑

艳压餐桌上所有的芬芳

我梦里遇见过类似的甜，甜到惊厥

甜到一只蚂蚁引来蚂蚁王

二当家，以及成群结队的蚂蚁

鼓瑟吹笙

我从一条巷子走到另一条巷子

在水状的液态里吸气吐气

遇见一些与我相吸的水分子

当我在天山脚下大喊紫阳街的时候

我也会水分饱满，与雪相吸

在临海喝杨梅酒

我需要一口饮尽

让微醺走捷径

在陌生的城市，大喊临海

我的伪善，使风声屏住呼吸

意识模糊的时候，才敢说爱

敢说我把一张白纸丢进垃圾筐

又拿出来画画，首先得画一颗杨梅

又大又圆的杨梅

在酒中突兀的杨梅

让我从微醺到沉醉的杨梅

我走近先生，从黑白到彩色的先生

哦！那一颗躺在酒里的杨梅

看了我很久——

我需得沉醉，大漠驼铃声响起
我翻身走近先生，或者在杨梅酒里深睡
我和那十几杯杨梅酒，走进一个集合里
她看我的时候，那么妖艳

游览西湖

先生，允许我慵懒倚在船只的窗边

光影铺在脸上

在西湖，起伏的湖水把心事说给风听

我只是一个旁听者

先生，在水的底下一定有什么

我想过奋不顾身把自己衣衫打湿

把我那些天的呆滞打湿，再拧干

直到挤出痛和欢喜

在沙漠里待久了，我渴望水

有西湖味道的水，在人群里奔腾的水

有时候，我也成为水上泛着波光的白

在先生的梦里，汇入云的白

先生，我好想一头扎进深水里

或者淤泥里

我清醒，或者混浊

先生，清醒的时候你是我的湖

在温岭蝶来三舍看日出

五点五十分，夜幕褪去黑

一片浅浅的蓝把月亮送回西边

我们不知道哪里是西

我们把月亮认成太阳

风声呢喃，海浪咆哮，蛐蛐尖叫

温岭的蝶来三舍

这里的一切以自己最骄傲的姿态归位

空气里甜度不断增加，把格桑花养大

把太阳融化

我们在海边看日出，海在山底下看我们

油黄有速度，它从温岭到塔克拉玛干沙漠

与沙漠，与鹅黄成为一家人

日出透明，平铺山川、海浪、船只、码头……

我启动五脏六腑中最干净的脏器

心脏，脾胃或者肺

眺望空中的一只鸟

它替我寻找高级灰

第一次见先生的时候

先生穿着高级灰的外套

那只鸟还在空中飞翔

这时候，太阳伸手说

先生，你好

我说，温岭蝶来三舍你好

在温岭

我来到一个叫作温岭的地方

和先生说起

一座山，一条河

一个离我上千公里的人

还是和以前一样，像个醉鬼

摇摇晃晃路过草木

先生，我的双手粗糙

我的双眼混浊

石阶那么干净，绣球那么干净

我偷偷摸摸，五点起床

对石塘镇的日出祷告

它一定听不清，我的方言

从新疆到台州，除了爱

我满口胡言

先生，我又当众朗诵诗

当众从一块石壁隐藏到灌木丛

我在烟雨小调里，读一首

写给先生的诗

我发微信说，先生

在吗？

这是石塘镇啊！

四点五十分看日出

烟雨台州

先生，我在台州听一曲烟雨江南

细雨就这样轻快活泼

从一个墨色的天空里俯身亲近我

我一米五八

我的低矮，够不着雨声的仄仄

我以平声微笑

在台州，雨水顺势，逆势的温柔

将每一寸土地打湿，通电

与我串联

江南以水墨调和

以最快的速度，通向我一生的欢喜

先生，雨中的台州

在我面前呈现一幅卷轴画

卷轴画里，没有人惊扰小草的低矮

我们珍惜所有的曲折、高低，和色彩

先生，别怕

先生，别怕

塔里木河都是我的

我把左岸留给你

你在那里升火，跳舞，饮酒

甚至邀几个漂亮姑娘读你的诗

我不会游泳，也不会木工

偶尔喝了两杯酒

开始说胡话，不停地喊你的名字

一声比一声大

直到把自己叫醒

先生，别怕

我在塔里木河的右岸

永远是你的平行线

相遇喀赞其

一直和我的幽闭恐惧症作对

的黑，悄悄延伸

至你的身体，从脚到头部

你心胸是开阔的，你不是全黑的

我允许你把屋子的窗帘紧闭

我允许你关掉我平时逆向收集光的道闸

我允许你在喀赞其的街道

喊一个陌生女人的名字

我允许你把墙上的深蓝涂进她的身体里

亲爱的，我们去赛里木湖

我们不看湖，我们针对草絮絮叨叨

我们指向雪山，雪山就住下神

我们望向云端，云端就接纳我们的影子

我喜欢你的泪，穿透我的黑

如果在喀赞其遇见，我将我更多的黑

归还给暗夜

或者，装进你的口袋里

沙漠里看星星

先生，我第一次见那么多星星

沙漠的夜里，我太敞亮了

我穿白色的裙子，学着星星的色彩

也学星星们讨先生的欢喜

先生，我有点晕

月亮有点低矮

我差点就够着了

我差点就以为先生喜欢我了

先生，一个沙漠有多少个武汉

我就躺在它的身体里

等你刨坑把不开心的过往埋进去

如果没有不开心的过往

191

我就躺在沙漠里，埋进自己半个身子

先生，在丝路沙海湾

在塔克拉玛干的床上，我辗转难眠

先生，那么多星星

成为你的眼睛，它们看着我

成为一束落在沙漠里的光

我想成为圆，先生你知道

我将以最卑微的姿态滚到你身边

这里的篝火已经点燃，我释放或者毁灭

先生，按下手里的遥控键

塔河源

一条垂直于天山的辅助线

让我遇见你

是十六团，是阿拉尔

是一个我在梦里喊出的名字

塔河源，在我心端口

轻轻喊白鹭，以及一同参会的水鸟

不要拘谨，我们都是兵团人

水鸟也是兵团的水鸟

我也颠沛流离，旁经阿克苏河

和田河、叶尔羌河

塔河源，你说谁的青年

不在河畔落影成双

谁的青年，不遥望天山雪

我试图混淆戈壁、大漠、天山雪

以及一股弹跳的浪

我将秘密孕育在塔河里

河边胡杨自顾自地笑

白鹭、水鸟，请轻轻应

我们都把舞台与澎湃交给河

我们在会议上写"人"字

写在我们的胸前

写在河的正前方

写在天山看得到的地方

"人"字越写越大，最后写成了大写的"人"字

窒息源

我们骑一辆单车路过塔里木河大桥

我们去新苑的奶茶店

我们躺在草坪上，躺在一股柔软的风里

我第一次爱上了绿茶

先生，我胃不好

很多东西消化不了

比如，他把所有空气装进口袋里

比如，他不辞而别

我用力奔跑，从一盏器皿中

跑破一口玻璃缸

先生，我眼前有明镜

新生肌理

我看到雪以及暗夜的反光面

我在碎片里，挑出身上所有的刺

普通生活

以前，我们聊天

他的眼睛里有我到达不了的远方

我在一个闭塞的屋子里挣扎

用尖锐的东西刺伤自己

屋子里的东西

他的语言最尖锐

我们在同一片孤独里

争着吸氧

推开对方，又抱紧对方

我们就这样推推搡搡

后来孤独漏了气

我们各自的坏情绪，自我了结

他说，有一天不当官了

我们就去过普通人的生活

有一天，他不当官了

我们就过普通人的生活

我重复着，结巴着

夜色里的普通

开始发酵

发酵成模糊的一天

我同一个男人叙事如常

天气多冷

我喜阳

用普洱打点琐事

日子只是日子

从一座高楼拔地而起

内心所有元素便在顶楼晒太阳

在新的楼宇里

再无流窜的情书

再无假写的秘密与悲伤

我同一个男人叙事如常

见　你

除了见你

我得有其他说服自己的理由

比如，早晨八点

走在与几颗星星平行的木栈道

从天空到土地，我可以随意临摹

夜的虚无

像一个水桶

不，应该像一个黑色的袋子

把自己装进去，成为夜的分子

那样，我会是先生周围的一个点

一个可以在夜空里做辅助线

与先生相交的点

在伊宁市遇见海

我第一次见海，他坐在我后面

我不知他是海

晚宴上，他坐在我旁边

加了微信

清晨酒醒后，我才知道他是海

伊宁市天空那么蓝

赛里木湖、那拉提、喀赞其村

每一条路，都散发着海的香

我从一个不修边幅的姑娘，开始化妆

穿碎花裙子

在海浪里狂欢，抒情，肆无忌惮运用形容词

我也在动词里，矫揉造作

学着海浪翻滚

他在我的硬性规则外

我的乖张

一次一次被海窥探

今日大暑

去找莲，把脚踏入海里的莲

路过高原，头晕目眩

在海拔三千一百米的高度上

我们得手扶栏杆干坏事

私藏一丛野菊

向对面的草原，告风的状

如果风再大点

我必会伶牙俐齿，说出先生的丑事

今日大暑，我已经满了

我需要清空身体里所有的热能

让海里的莲，住进我的帐篷

距　离

我和你的距离就差一群羊

他又在笑我

我没有哭

我和一只丢失的羊

在古胡杨林相遇

说起先生，它咯咯笑

又说起，我和一颗冰苹果

开始同频谱曲

说起上弦月，在水中弹琵琶

用胡杨枝当笔，作弦，搭桥

不上数学课，不学逻辑学

把假设的爱

一次一次论证

那只丢失的羊朝着塔里木河

在夕阳下露出它缺失的牙

一块腐烂的名词从动脉流出

先生，阳光真好

我感到疲惫，怎么睡也睡不好

我能说累吗？先生

我举起右手对生活摆动

很多人，我都讨厌

我讨厌他们一副索取的嘴脸

理所当然的样子，比盗贼可怕

你知道我父亲吗？他是我踩到的一脚泥

他想收回我的血

说是他的，我这么倔强

我怎么可能把我的任何东西给他

先生，你知道我的孩子吗？

他也学会了一套讨别人欢喜的本领
他用讨好别人的本领讨好我
先生，我那举起的右手开始无力
下垂，低于乳房
那个嫌我胸小的男人，在暗处偷笑

先生，所有的男人都是父亲
所有的孩子正在成为父亲
我的身上，一块腐烂的名词
从动脉流出

在华家池

任性需要风解围

提前预判到华家池的预判

以委婉的、轻盈的步子迈过水

我想过，在青葱岁月

浪费时光，浪费一场雨

甚至浪费眼前风的轴

如果我们也能浪费爱情

就浪费吧

华家池需要一块薄石横抛

如果爱情垂直

我们就走弯道

把自己越磨越薄

起风时，我们面贴着面

涟　漪

夜色路过山里的每一朵兰

不慌不忙

趁酒劲区别假大空

区别一场风里装睡的山

如果你要叫醒保俶塔

得用轻柔的声音

在西北待久了，声音哪能轻柔

允许我跟着雷峰塔下的风学轻

跟着西湖的水学柔

学着，学着

内心泛起了湖的涟漪

脸色微红的是西湖里的水

是保俶塔上的月

先生和姐姐

东方航空上，我想起姐姐

我没有姐姐

如果我有姐姐

我的航线也颠簸，我可任性地

开窗，与云层较量

我想唤先生一句姐姐

轻柔地唤，撒娇地唤，半躺着唤

我想把耳鸣从左倒到右

从游离状捋成直线

先生，姐姐

我随东方航空下降，亲吻乌鲁木齐

姐姐，先生

我一次又一次远行，爱着天南地北

哦，前一刻我还亲吻着杭州大地

赶一场绿梅花开

那年，湖畔的绿梅只开了一半

从广袤的大漠走进烟雨江南

我有些紧张

表现过于生硬，呆板

像我们初次见面打翻酒坛的那晚

花还未来

我不能过于频繁地赠予你我的热情

我得冷却自己

冷却另一坛酒

如果有一天，我们遇见同一株绿梅

我们就在彼此的后背轻声发音

说同一句话

如果有一天，我们遇见不同的绿梅

我们就面对面说各自家乡的方言

握手寒暄

我开始弯道超车，云中加速

赶一场绿梅花开

姗娜娜

多少个夜晚摇摇晃晃

在陌生的城市一次又一次分娩

痛苦、爱和热情

走陌生的街道，抚摸一棵

开着桃花的树

那树在春风中回眸

我也穿红衣

将光和温度递给另一半手掌

说起姗娜娜

我会把来自阿克苏的冰苹果

分给红唇和他

我们在夜里穿一只鞋，踩在春风上

我们走一条街道，哼小曲

胡同占有夜色，我占有他

他温和地笑

摆一谱江南小调

夜里的探戈，不饮酒

白日的草木不醒来

西湖夜行

我和先生说起

十年前，我青春稚嫩的笑

都是真的

爱一点都不僵硬

痛也流畅

我的前男友，我们从浙大

到西湖

临摹分手词，我演练很多遍

他笑着在西湖的草坪上数草垛

一遍比一遍认真

先生说，风大的时候

大西北的沙子会吹进西湖里

写给保俶塔

你知道吗？阿克苏的夜横向太长

我渴望纵向，到达一处夜光

我们彻夜饮酒，不睡觉

面对面抽烟

我们也嘲笑那些理想

把梦想扔进水池，水池深度不够

也不够彻骨地冷

就扔出白水城

你我够得着雪山、雾凇

我们在雪山里，藏起我们的悲伤

和爱

趁黎明前，我们把苦难打碎

你知道吗？在阿克苏这幽寂的道上

我学做阿克苏人

我满头大汗

我也径直走进医院

撕掉一张判我中年的诊断书

保俶塔，请给我一丛绿

这是我唯一向你索要的春天

后记

上一部诗集《大写零字》，个人比较满意，没有找人写序，没有后记，只有诗歌。正如我在采访中所说：我写诗的目的就是为了给自己找寻一片净土，我干干净净写诗，也必须让诗歌干干净净问世。这部诗集，也打算如此。出版之际，我去文联向领导汇报，领导打趣说，你上一部诗集太薄了，还是把序写上的好。这才请胡弦老师作序，感谢胡弦老师。有了序，那就要把后记补上，从美学角度讲，前有序后有记，才和谐。

我从来没有正儿八经写过诗歌，这本诗集中所收录的诗歌，和上一部诗集一样，写每一首都不会超过三分钟，且从不修改。更不可思议的是，《新生肌理》这部诗集，不但写得"不正经"，写的状态也"不正经"。如果说《大写零字》是在过七十秒的红绿灯，上厕所，和朋友喝茶，陪客户在 KTV，酒桌上，回家的路上，开车在高速路上——那些片段中完成的，那么《新生肌理》更离谱，诗集中百分之九十以上的诗作都是在醉酒后的产物。第二天清醒后，满心懊悔，打开朋友圈，一是看看有没有给平日里印象好的人发信息，二是看看有没有乱发朋友圈。谋生是我三十年来一直放在第一位的任务。在事业的起步期，处处要求人，又不能把'求'字挂在嘴上，便组局，喝酒抽烟，给自己壮胆，融入需求里的每一种个性。事业越做越大，喝酒的次数越来越多。为了防止自己说错话，喝酒前一直提醒自己，不要喝多，喝酒后不要给别人打电话，不要别人来接，自己回家，乖乖睡觉——2022 年一年大概喝了 300 天的酒，以至于不喝酒的那天，睡觉前会主动给自己灌下几瓶红乌苏。就那样，我住的宾馆床头柜上摆满了红乌苏。隔三岔五，去酒店隔壁的商店提回一箱酒。老板说，你们还真能喝。我笑着说，都是他们喝的，我帮忙买。醉酒后写诗，也是为了排解平日里的工作压力。诗作就在我醉酒后出炉了，《新生肌理》中的"先生"也在醉酒后的臆想中问世。

2022 年一年时间，完成《新生肌理》的创作，这一年也是自己与谈了五年的男朋友分手后放纵的一年。终于解脱了，与破败不堪维持表面和谐的生活和感情告别，分手那天，我含泪仰天大笑，这种兴奋至极的程度莫过于重生。我更开心的是，"分手"两个字不是在我脑海里演练了成千上万遍最终由我说出，而是他的一个"滚"字，就如此轻松地帮我了结了这死也开不了口的离开。我卸掉负重，一身轻松，开始全身心投入工作。那些酒后的诗歌是我缓解生活与工作压力的唯一调剂。为了不让自己觉得自己活得太机械，一个伴装的我就出现了。我在人群里抽烟喝酒，酒后摇摇晃晃拉着十九岁的陌生男孩去老街的地摊上肆意消费，一大把一大把地买摊主的小物件，逢人就送。当第二天清醒路过老街的时候，那些地摊主都对着我笑，对我点头问好。我低着头，用僵硬的笑回赠他们，并加快步伐，恨不得一步就穿过一条胡同，再一步我就消失得无影无踪。我想过消失，似一阵幻境，再也没有我的存在，肉身和意识。我深知我消失不了，只得一味地努力积极地应对生活。我每天都途经这些人的笑容，眼神，声音……我的尴尬与僵硬不过是别人替我回忆起头天傍晚醉酒后的那些乖张与笑柄。第二天我会一整天懊悔着行走、吃饭、工作、谈事，处理各项业务。到了晚上又沉浸在一个完全放松，卸下自我的状态。坏事干尽：与人碰杯，喝酒，大笑，称兄道弟，手挽着手穿过老街的巷子。正如在《无所酒》一诗中写道：是啊，我成为一个傻子／和陌生人端起酒杯，说干就干／还不够，端壶，端酒瓶／他们和我有什么关系，先生／我试着醉一次，然后语无伦次。醉酒后我的样子是：阿克苏老街的桑树／我摇摇晃晃，抚摸过多少棵／它们是愿意的／让我的身体靠近它们的粗枝绿叶／先生，我说了什么／好像，老街的所有人／都在对嘴型／先生，我越来越清醒。

　　我与其他写作者的区别在于，从来都是灵感来找我，我从不缺乏灵感。很多人说，你每天都写诗，哪有这么多灵感？从我个人写诗的体验来说，灵感随时在，从来没有枯竭时，哪怕是命题诗，哪怕是直播时候别人出题，面对镜头随口成诗，哪怕是和别人喝下午茶聊天的间歇中，只要我有写诗的需求，灵感就会主动送上门。也许，这就是上天的恩赐，赐予不幸的童年，赐予爱情中诸多坎坷，赐予创业一次一次跌倒，面临绝境，而后一次次重生，赐予三十有余才找到自己的归宿，赐予想要一个家，一个孩子，迟迟落空。我把生活的不顺归咎于上天在写诗上为我打开的窗，因为很长一段时间，毫无情绪，专注于事业，强迫自己不写诗。于我这个年龄，不想错过这个年龄阶段该做的事。比如：结婚，生子，陪伴父母和孩子。

　　我所处的地域对我的诗歌有着深刻的影响。阿克苏的包容，库车的接纳，兵团第一师的垂爱，这些地域对我的关照和爱，也成了诗歌的催化剂。除了受地域影响之外，还有个人成长中的原生家庭、生活困境、事业成败、恋爱无果，以及此过程中与形形色色的人周旋、剥离，又塑造出一个新的自我。准确说，与生活环境这个大集合中产生的每一个子集有关。

　　我平时读诗较少，还是在上小学的时候，一本泰戈尔诗集陪我度过那些煎熬而痛苦的黑暗岁月。我十一岁到了新疆，也是十一岁开始写诗，那时候写古诗，最喜欢的诗人是李白，后来喜欢李煜、乾隆皇帝、毛泽东。我不喜欢海子。上大学后，背了很多古诗词，写下了第一首现代诗。真正影响我，让我开始系统性写诗的要属一师作协副主席代敦点，大家都叫他老点，他也是一位诗人。有一次，去自治区参加新闻培训，我们坐同一列火车，那是我第一次知道身边居然有写诗的人，也是从那时候起我开始像老点一样写诗。吃水不忘挖井人，逢人我便说，老点是我写诗的启蒙老师。

生活是行走的诗歌，我的生活常态与诗歌是相辅相成的。我一直渴望简单平凡的生活，羡慕别人的三口之家。我一直在等待幸福，可它来得太慢。在等待幸福的过程中，我得生存，所以就拼命地谋生，丰富自己的物质与精神。等我等到要等的人，我各方面都优秀，也能配得上他。我穿行于各地，那是我谋生的手段。我是一个文化传媒公司的法人代表，公司不大，十来个人。单看诗歌，根本就不知道我是一个在生活和事业上有规划又理性的女子。诗歌是我生活中必不可少的精神食粮，这么多年我一直在写，也不知写出了个什么名堂。我已经习惯诗歌的陪伴，让它贯穿我生活的始终。写诗仿佛成了我的一剂药，可解压，治心慌气短。但诗歌与生活其他方面比起来又显得微不足道。

　　在《新生肌理》中，看过的人总能瞥见自己的影子，众多的先生，是写一个人，也是写一群人，是写给自己，写给你，也是写给他。写完《新生肌理》后，我便遇见了我生活意义上的先生，也可能是遇见我的先生后，《新生肌理》才有了了结。此后，再无烟酒，再无懊悔，再无消失感，每一天都健康而踏实。

沐　沐

2024 年 4 月